Contraste insuffisant

NF Z 43-120-14

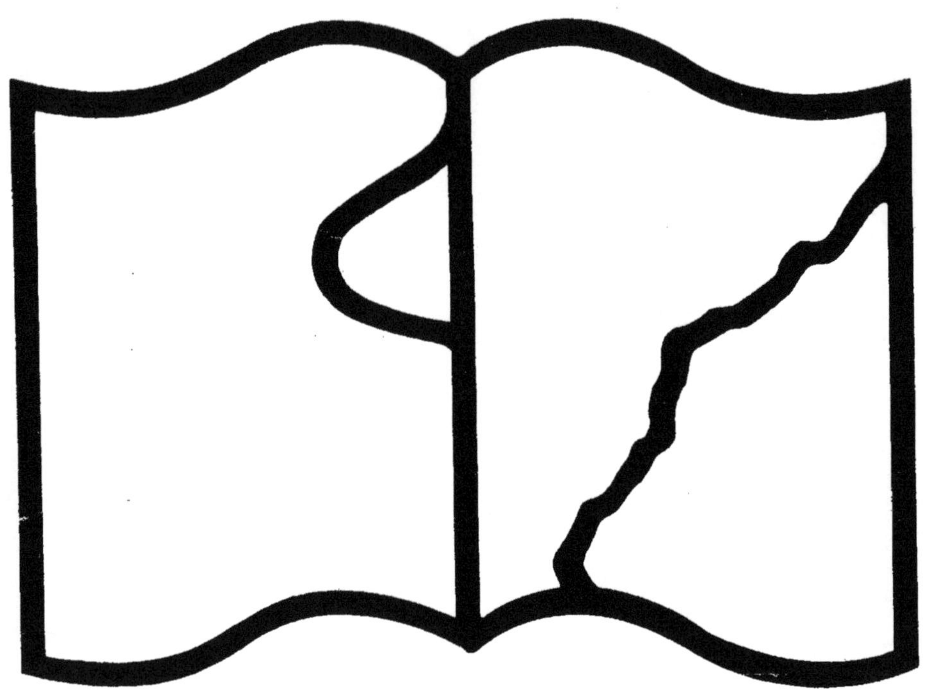

Texte détérioré — reliure défectueuse

NF Z 43-120-11

SÉRIE POUR LES ÉCOLES MATERNELLES

ELISE ORZEZCKO

TRADUIT DU POLONAIS

PAR

1. GOLSCHMANN ET E. JAUBERT

LES AVENTURES DU PETIT JEAN

ILLUSTRATIONS

DE RENÉ LELONG

FIRMIN-DIDOT & Cie

PARIS

LES AVENTURES

du

PETIT JEAN

TYPOGRAPHIE FIRMIN-DIDOT ET Cⁱᵉ. — MESNIL (EURE).

Fig. 1. — Le mendiant était justement un vieillard grand et maigre.

ÉLISE ORZEZCKO

LES AVENTURES
du
PETIT JEAN

TRADUIT DU POLONAIS

PAR L. GOLSCHMANN ET E. JAUBERT

ILLUSTRATIONS DE RENÉ LELONG

PARIS

LIBRAIRIE DE FIRMIN-DIDOT ET Cⁱᵉ

IMPRIMEURS DE L'INSTITUT, RUE JACOB, 56

Fig. 2. — C'était un heureux enfant que
ce petit Jean.

I.

LE CROQUEMITAINE.

Il faisait une sombre journée d'hiver.
Une blanche nappe de neige couvrait
toutes les rues de la ville de Grodno. Mais
cela n'empêchait pas le petit Jean d'être
très joyeux : en se levant de table il battait

des mains, sautillait et embrassait sans cesse
les mains de ses parents. Il faisait une
chaleur douce et agréable dans la salle
à manger, où on venait de dîner tout à
l'heure; la verdure de quelques plantes de
serre rappelait l'été; un petit canari jaune
gazouillait en voltigeant dans sa petite
cage; sur le buffet se trouvait encore un
plat avec les débris d'un gâteau et, à travers la porte ouverte, on apercevait la
chambre des enfants où il y avait tant
de jouets de toutes sortes qu'il nous serait presque impossible de les énumé-
rer.

C'était un heureux enfant que ce petit
Jean! Mais ce jour-là, il était encore plus
heureux qu'à l'ordinaire : une de ses tantes
avait organisé pour le soir même un bal
costumé, auquel étaient invités, avec lui,
ses cousins et ses cousines, toute une
bande d'enfants de sa connaissance et
d'autres qu'il ne connaissait pas encore.

Et tous y viendraient déguisés! Lui-même serait en costume de Krakus (1)!

Il avait été décidé que Jean s'habillerait et s'en irait immédiatement après le dîner chez sa tante avec sa bonne, Mlle Pauline, tandis que ses parents devaient l'y rejoindre un peu plus tard. Jean tremblait d'émotion en mettant, avec l'aide de sa bonne, les hautes bottes au bout ferré, la blouse blanche bordée de rouge et, par-dessus, une pèlerine dont les paillettes lançaient des étincelles. Mais où sa joie fut sans limites, ce fut quand il vit la jolie ceinture en cuir toute garnie de boutons métalliques et le petit bonnet rouge garni d'astrakan gris.

Le garçonnet nageait dans l'extase quand tout à coup la femme de chambre entra et annonça qu'un vieillard était là qui demandait l'aumône. A peine Jean eut-il

(1) Fondateur de Krakov, en français Cracovie, ville de l'ancienne Pologne.

appris cette nouvelle, que toute sa joie disparut. Oubliant son costume, il poussa un cri, s'échappa des mains de la bonne qui était en train de lui agrafer la ceinture, et se glissa vivement derrière le lit.

— Oh, mon Dieu, toujours cet effroi stupide! fit la mère non sans tristesse. Voyons, Jean, assez jouer à cache-cache!... Sors donc!

— Maman! ne le laisse pas entrer! Pour rien au monde! Ce doit être un croque-mitaine, répondit Jean d'une voix lamentable.

— Qu'est-ce qu'il y a? demanda le père qui entrait en ce moment dans la chambre.

La mère lui raconta de quoi il s'agissait, en lui expliquant que les anciennes bonnes de l'enfant, Marianne et Mlle Sophie, le menaçaient souvent, quand il se montrait entêté ou commettait quelque faute, d'un vieillard barbu avec un grand sac, dans lequel il emportait les enfants désobéissants, et que, depuis lors, le garçon avait peur des mendiants.

Ce récit mit le père en colère et il ordonna, d'un ton sévère, à la femme de chambre de faire entrer le pauvre, et à Jean de lui donner l'aumône avec politesse et douceur.

— Oh, non, papa, non, je vous en prie! suppliait Jean de sa cachette, d'une voix comme mouillée de larmes. Cher papa, je n'irai pas, j'ai peur de lui, je suis sûr que c'est un croquemitaine avec son sac.

Alors la jeune bonne lui dit, en se penchant vers lui derrière le lit :

— Regarde donc maman

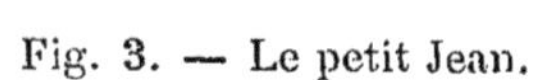

Fig. 3. — Le petit Jean.

qui pleure et papa qui est tellement affligé, qu'il en tombera certainement malade.

Ces paroles agirent sur le bon cœur du garçonnet, et tout confus, les cheveux ébouriffés, il sortit de son embuscade. Le père lui donna une monnaie d'argent et lui dit d'aller tout de suite à l'office et de la remettre de ses propres mains au mendiant qui attendait là.

Le pressentiment de Jean ne l'avait pas trompé cette fois-ci : le mendiant était justement un vieillard grand et maigre, avec une longue barbe qui lui descendait jusqu'à la ceinture, et sur le dos un énorme, un effrayant sac de toile. Jean en fut tellement frappé, qu'il voulut aussitôt se sauver afin de regagner son asile derrière le lit; mais Mlle Pauline le tenait fortement par la main en l'exhortant et en l'encourageant.

Il s'approcha du vieillard en le regardant d'un air d'épouvante et lui remit la monnaie d'une main tremblante, mais au même instant il s'échappa et courut à toutes jambes vers sa chambre.

En vain son père et sa mère lui disaient, chacun à son tour, que c'était mal et sottement agir, que c'est le devoir sacré de tout riche de ne pas fuir les pauvres, mais, au contraire, d'avoir pitié d'eux et de les aider de toutes les manières : — Jean écoutait d'un air respectueux, mais au fond de son âme, il n'était point de leur avis; et à peine se trouva-t-il seul avec Mlle Pauline, il lui avoua franchement qu'il ignorait en quoi consistait sa faute.

— Je vous l'avais bien dit que ce devait être un vieillard avec une longue barbe blanche et avec un sac énorme. Eh bien, vous avez vu qu'il était justement ainsi.

— Et jamais personne ne m'ôtera de l'esprit que tous les mendiants sont d'effroyables croquemitaines !

Et quand ils furent dehors il ajouta :

— Vous savez, mademoiselle Pauline, quand je serai grand, et que j'aurai mes domestiques à moi, je leur défendrai sévèrement de laisser entrer dans ma maison des mendiants — pas un seul n'y pénétrera.

II.

LES AMUSEMENTS DE LA RUE.

La bonne était indignée : elle allait lui
expliquer à sa manière que ce serait là
une mauvaise action; mais à ce même instant Jean aperçut à la vitrine d'un coif-
feur-parfumeur une charmante poupée de
cire avec une chevelure magnifique et
avec un collier de perles à son cou nu.
La poupée représentait une dame très
parée qui regardait d'un air hautain et se
tournait lentement, dans le but évident
de charmer tous les passants par sa beauté.

En un clin d'œil, Jean oublia tout et entraîna sa bonne vers la vitrine. Après avoir regardé la beauté de cire à leur aise, ils continuèrent leur route ; mais à peine avaient-ils fait quelques pas, que l'attention de Jean fut de nouveau attirée par un éventaire de pâtissier. Et de nouveau il se mit à supplier Mlle Pauline de lui laisser voir ce qu'il y avait. Et de nouveau c'était ravissant ! Des bonbonnières avec des images, de petites corbeilles en sucre, des chevaux et des chiens en chocolat, de petits chérubins avec des ailes et des joues vermeilles ! Le garçonnet en fut enchanté... Et plus loin, dans une autre rue, il y avait une librairie, et là, derrière les livres très richement reliés, étalés à l'abri d'un vitrage, se trouvait une sorte de mécanisme très ingénieux. Il se composait d'une quantité de boulettes de toutes les couleurs, assujetties sur un fil de cuivre et tournant autour d'une grande boule.

Mlle Pauline expliqua à Jean que cette machine représentait la terre et les autres planètes qui tournent autour du soleil, et cette explication intéressa si vivement le garçonnet qu'il résolut aussitôt de demander à son père de lui acheter une machine pareille et de lui raconter tout, tout ce qu'il saurait sur le soleil, sur la terre et toutes les planètes.

A force de s'arrêter à chaque instant pour regarder quelque chose de nouveau, ils s'approchaient très lentement du but de leur promenade. Et comme la tante de Jean demeurait assez loin, ils n'étaient qu'à la moitié de leur chemin quand le crépuscule tomba.

Tout à coup, ils virent une foule, qui, occupant tout le milieu de la rue, venait à leur rencontre avec des cris et des rires. Jean, qui était poltron, prenait déjà peur, mais Mlle Pauline le rassura en lui disant qu'il n'y avait rien à craindre, que la foule courait sans doute après quelque bonhomme montrant quelque tour de passe-passe ou des animaux rares.

— Des tours de passe-passe! des animaux! s'écria Jean en sautant de joie. Allons-y, allons-y, chère mademoiselle Pauline! Allons voir ce que c'est!

Et il entraîna de toute sa force la bonne, qui dit en riant :

— Ah, mais regarde donc, quel joli petit singe!

Une foule bruyante entourait un homme portant sur son dos courbé une orgue de Barbarie avec deux rangs de petites marionnettes, et menant, au bout d'une longue corde, un petit singe. Cet animal était infiniment drôle. De dessous son petit manteau rouge on voyait sortir une petite queue velue, tandis que plus haut regardait sa petite tête au menton marron, aux traits mobiles, et dont le mignon visage rappelait d'une manière frappante

Fig. 4. — Un homme portait un orgue de barbarie sur son dos courbé.

celui d'un homme. Leste et gracieux, il bondissait à chaque instant, tantôt sur l'épaule de son conducteur, tantôt sur l'instrument, ou sautait à terre en dansant, et faisait avec cela des grimaces tellement drôles, que les spectateurs se tordaient de rire. Il ridait son front en remuant ses lèvres, approchait de sa bouche une pomme qu'il tenait dans ses mains, la mangeait prestement, comme s'il craignait qu'on ne lui prît cette friandise, et ses petits yeux noirs, brillants comme du jais, regardaient de tous les côtés.

Jean riait aux éclats et ils fendaient tous les deux la foule, sans presque faire attention aux bourrades qu'on leur administrait de tous côtés : il avait tellement envie de caresser de ses mains le petit animal, ou du moins de le contempler de plus près ! Soudain, comme cela arrive souvent, il se produisit un remous. On voyait un grand jeune homme, aux larges épaules, qui se frayait un chemin à travers la foule, dont les flots le poussaient tantôt d'un côté, tantôt de l'autre.

Pendant une de ces poussées, Jean laissa échapper la main de sa bonne, et avant que l'un d'eux eût eu le temps de s'en apercevoir, ils étaient déjà séparés. Du reste Jean ne le remarqua même pas, car à ce moment l'orgue de Barbarie commençait à jouer une valse et les petites marionnettes jusqu'alors immobiles sur deux rangs se mirent à tourner deux à deux.

Elles étaient vêtues de petites robes claires et tournaient gentiment; le petit singe — le malin! — sauta sur le bonnet du joueur d'orgue, et se prit à tirer des poches de son veston rouge des poignées d'écales et à les lancer aux assistants.

Une des écales passa si près de Jean qu'il ferma les yeux pour un instant; quand il les rouvrit, l'orgue de barbarie

avec les petites marionnettes était déjà sé-
paré de lui par un mur épais de spectateurs, de sorte qu'il ne voyait plus rien et
devait se contenter d'écouter la musique
qui s'éloignait peu à peu.

C'est alors qu'il ressentit enfin, aux
épaules, aux côtés et aux bras, la douleur
causée par les bourrades nombreuses qu'il
venait de recevoir.

III.

ÉGARÉ.

C'était en vain qu'il cherchait sa bonne. Jean ne pouvait bouger de sa place, tellement il était serré de tous les côtés. Parfois il lui semblait que ses pieds se soulevaient de terre et qu'il ne marchait plus, comme entraîné par ce fleuve vivant.

Une fois il manqua de tomber, et ne se retint qu'en s'accrochant au pan de la redingote d'un monsieur qui marchait devant lui; une autre fois, il se pendit au fichu d'une bonne femme.

L'enfant ne savait plus où il était; il n'avait pas remarqué qu'emporté par le courant de la foule, il avait fait avec elle plusieurs détours; puis il traversa une rue, monta, descendit : un vaste espace s'ouvrit enfin devant le flot humain. C'était une petite place, occupée par des maisons basses et sans pavé. La foule, serrée jusqu'à ce moment, s'y dispersa en petits groupes, qui à leur tour se clairsemèrent de plus en plus. Tout ce peuple s'écoula dans diverses directions. Jean regarda autour de lui et reconnut que le joueur d'orgue et son singe avaient également disparu.

Il se trouva tout seul sur la place, qui devint enfin tout à fait déserte. On ne voyait plus que les fenêtres des petites maisonnettes dont les lumières jaunâtres scintillaient dans l'obscurité.

La neige couvrait la terre, avec, çà et là, des mares noires formées par l'eau gelée.

Regardant autour de lui avec inquié-
tude, et revenant peu à peu à soi après ce
bruit et la bousculade de la foule, l'enfant
se mit à appeler à haute voix sa bonne.
Cet appel, impatient d'abord, puis plain-
tif, se répéta plus d'une fois, mais resta
sans réponse...

Il fut pris d'une épouvante qu'augmen-
taient encore les ombres qu'on voyait aller et venir aux extrémités de la place; il
ne pouvait pas les distinguer nettement
dans les ténèbres, et il craignait de s'en
approcher.

Quand il était encore tout petit, il avait
toujours peur des ombres et poussait souvent des cris d'effroi quand il lui arrivait
d'apercevoir sa silhouette projetée sur le
mur. Avec l'âge, cette peur avait passé,
mais à ce moment Jean l'éprouva de nouveau dans toute sa force. Il comprenait
bien qu'il fallait marcher, courir, chercher et appeler sa bonne; mais à peine

faisait-il un pas, qu'une silhouette apparaissait auprès d'une maison, ou sortait de la porte-cochère, surgissant pour un moment puis s'évanouissant. Puis une seconde, une troisième, et encore, toute une procession...

Dieu sait combien de temps Jean serait resté au milieu de la place sombre et déserte, sans se décider à bouger, si tout à coup une de ces silhouettes ne s'était pas dirigée tout droit vers lui. Alors le garçonnet distingua clairement deux autres ombres qui se détachaient des deux côtés de la première; comme deux énormes chapeaux ou deux sacs aux trous béants. Jean poussa un cri et prit la fuite à travers la place, vers l'extrémité où se trouvait, près d'une maison, un endroit tout à fait sombre. Mais à peine avait-il eu le temps de s'y réfugier, qu'en se retournant il remarqua que l'ombre effrayante avec ses deux compagnes se dirigeait justement vers cet endroit où il avait espéré trouver un asile. Ses dents claquaient d'effroi, tandis qu'elle s'approchait de lui. Et que vit-il? L'ombre n'était ni plus ni moins qu'un homme en pelisse de mouton, portant sur ses épaules une planche avec deux seaux.

Il comprit alors qu'il perdait inutilement son temps et qu'il lui fallait absolument chercher sa bonne ou un chemin conduisant à sa maison.

Dans cette pensée, Jean se mit en route

Fig. 5. — Au bout de la place il y avait des rues étroites.

d'un pas précipité sans se rendre compte où il allait. Au bout de la place, il aperçut deux rues étroites qui bifurquaient et il s'arrêta de nouveau ne sachant lequel de ces deux chemins choisir. Ordinairement, dans l'obscurité, toutes les rues se ressemblent et il arrive souvent qu'on s'imagine reconnaître des rues qu'on n'a jamais vues. Et lui aussi, à mesure qu'il regardait, croyait se rappeler avoir passé là une fois. Ayant rassemblé ses souvenirs, il prit la rue à droite. Il y faisait noir; ce n'étaient plus des maisons qui bordaient cette rue étroite, c'étaient plutôt des masures chétives et lamentables. Mais, certainement, il était déjà venu là une fois, en se promenant en voiture avec son père et sa mère; il se souvenait même d'avoir entendu papa dire à maman qu'il n'y avait que des pauvres qui habitaient cette rue... C'est-à-dire des *mendiants*. Mais à peine cette idée avait-elle germé dans sa tête,

qu'il eut comme la sensation que quelqu'un lui avait soufflé à l'oreille : « Des
croquemitaines... »

IV.

SEUL DANS LA NUIT.

Mon Dieu! Par une obscurité pareille,
sans sa bonne, seul, tout seul, dans une
rue, où il n'y a que des croquemitaines.
Qu'est-ce qu'il deviendra donc s'ils l'a-
perçoivent? Et si, tout d'un coup, toutes
les fenêtres s'ouvrent pour livrer passage
à ces épouvantails!... Et sans réfléchir davantage Jean se mit à courir à toutes jambes, pour sortir au plus vite de cette mal-
heureuse rue. En détalant, il débouchait
dans une autre voie, quand tout à coup,
au tournant, il resta comme cloué sur place.

Quelqu'un de très haute taille, les bras écartés, se tenait devant lui, en secouant sa tête blanche et ébouriffée, — un vrai géant, comme ceux dont on parle dans les contes! Le voilà maintenant perdu! Impossible de se sauver, ni de se cacher!

Mais à ce moment même quelqu'un traversa la rue avec une lanterne; et à cette lumière Jean reconnut qu'il avait devant lui tout simplement, un grand arbre, dont il avait pris, dans l'obscurité les rameaux pour des bras, et la cime neigeuse pour une tête. Il se convainquit alors que tout cela n'était que sottises, et que ses craintes n'avaient aucun fondement.

Rassuré jusqu'à un certain point par cette découverte, il continua sa route avec plus de courage; un seul point l'inquiétait à présent : comment retrouver le chemin de sa demeure?

Il lui fallait, naturellement, se diriger vers les rues principales de la ville, où il était plus sûr de rencontrer des passants qui lui auraient indiqué sa route. Mais quelle direction prendre pour y arriver, c'est ce qu'il ignorait. Il comprenait seulement qu'il se trouvait bien loin de ces rues, car aucun bruit de voitures, aucun mouvement ne frappaient son oreille. Tout était mort et désert autour de lui; rien que le vent qui bruissait et soufflait parfois avec une force telle qu'on n'aurait pu l'imaginer là-bas au centre de la ville, où de hauts bâtiments protègent les passants de tous les côtés. Et à cause de ce vent Jean, quoique en vêtements d'hiver, commençait à avoir froid. Avec cela, les jambes lui défaillaient de lassitude, et ses bras, ses épaules se ressentaient de la bousculade. Pour comble de malheur, le pauvret se rappela soudain le bal chez sa tante; il devait déjà être commencé, et les enfants étaient bien assis dans le salon chaud, où il faisait clair, et où on leur offrait des bonbons, des fruits et de la glace. Peut-être même qu'on était déjà en train de danser.

A cette pensée, le cœur du petit Jean fut étreint d'une douleur telle, qu'il fut obligé de s'arrêter; il s'appuya contre une haie; et cachant son visage dans ses mains, il fondit en larmes.

Quand il eut pleuré longuement et qu'il rouvrit ses yeux, la nuit était si noire, qu'il eut peur. Jean leva les yeux : pas une seule étoile dans le ciel; il se mit à écouter, tout était silencieux; parfois seulement le bruit d'une voiture lui arrivait de loin et cessait aussitôt...

Brusquement, quelque chose de froid et de mouillé lui tomba d'en haut sur la figure. Encore et encore... C'était de la neige. Elle tombait d'abord en flocons assez rares, mais bientôt elle redoubla, lui bouchant les yeux, couvrant le chemin d'un tapis duveteux et épais, qui l'empêchait de marcher. Dans l'obscurité, Jean trébuchait et glissait continuellement tantôt dans une ornière, tantôt dans un fossé, ou s'affaissait de fatigue sur la neige ; mais le froid et la peur de rester tout seul lui rendaient l'énergie de se lever, et de marcher toujours, malgré sa lassitude. Mais où ? Le pauvre garçon ne le savait pas lui-même.

A travers le brouillard neigeux il était impossible de distinguer quelque chose, et il allait au hasard, dans le faible espoir de rencontrer sur son chemin une maison quelconque, quand tout à coup ses mains, tendues en avant, tâtèrent quelque chose qu'il prit d'abord pour un arbre. Il se trouva, cependant, que c'était un poteau et chose étrange ! à peine s'y était-il appuyé pour se reposer un peu, qu'il remarqua que le poteau tremblait comme s'il eût

été pénétré par le froid. Jean y appliqua
son oreille, nouvel étonnement! Il en sortait un bruit semblable à celui qu'eût fait
dans le creux un essaim d'abeilles ou quelque machine à vapeur invisible! D'abord
Jean en fut effrayé; mais ensuite il se rappela qu'en ville, à la promenade, son père
lui montrait souvent des poteaux pareils,
en lui disant d'écouter, et qu'il entendait
alors un bruit semblable. Il était évidemment devant un poteau télégraphique!
Mais où donc étaient les maisons et les
rues?... Il comprit, enfin qu'il était sorti
de la ville, et qu'il se trouvait sur le grand
chemin...

Que faire maintenant? Retourner sur
ses pas? Mais il était tout transi et fatigué
et, de plus, il avait tellement mal aux
pieds! Et puis comment reconnaître sa
route dans ces ténèbres où l'on ne dis-
tinguait ni ciel, ni terre? En pleurant à
chaudes larmes, il saisit le poteau, appuya

contre lui son visage, et se prit à crier d'une voix désespérée :

— Maman! chère maman, chère maman!

V.

HEUREUSE RENCONTRE.

Soudain sa voix se tut et il se mit à regarder. Son attention était attirée par une étincelle qui jaillit au milieu de la nuit. Une autre, une autre encore. Non, ce n'était plus une étincelle, c'était une lumière, et même toute proche. Et cette lumière semblait scintiller dans l'obscurité, tantôt plus faible, tantôt plus vive. Cela prouvait qu'il y avait une habitation non loin de là, et peut-être y trouverait-il quelqu'un qui le conduirait chez lui!

Jean en fut tellement réjoui, qu'il se

sentit de nouvelles forces. Encouragé, il se remit à marcher, en s'arrêtant et en se reposant auprès des poteaux télégraphiques, dont le bruit l'amusait maintenant qu'il espérait rencontrer des êtres humains.

Bientôt il put distinguer l'endroit d'où partait la lumière, seulement ce n'était plus un petit feu — mais une grande flamme. C'était une sorte de hangar en bois, sans fenêtres, mais percé de plusieurs trous et d'une porte grande ouverte au milieu. Juste en face de cette entrée, on apercevait un fossé, et c'est de ce fossé que sortait le feu, attisé par le vent qui soufflait là, à son aise. Auprès du feu étaient assis trois hommes d'un aspect bizarre. Leurs cheveux étaient hirsutes, leurs visages rouges, leurs yeux brillaient. Tous portaient des tabliers en toile blanche, qui leur descendaient du cou jusqu'aux pieds; et chacun d'eux avait une petite pipe, d'où il lançait, de temps en temps, des tourbillons de fumée dans l'air.

Autour d'eux, sur le sol, se trouvaient une quantité de pots moulés en terre, emboités l'un dans l'autre comme des chapeaux.

Les compagnons étaient gais et poursuivaient une conversation à haute voix, interrompue de temps en temps par les éclats d'un rire grossier mais franc. Jean restait sur le seuil, n'osant pas entrer et parler à des gens si étrangement accoutrés. Leurs visages rouges, leurs voix rudes, leurs yeux qui brillaient d'une manière si sauvage à la lumière de la flamme, tout cela effrayait l'enfant, qui avait pourtant grande envie de s'approcher du feu pour se réchauffer un peu.

Après quelques hésitations, il entra quand même et s'approchant du groupe assis, il prononça d'une voix grêle :

— Bonsoir, Messieurs!

Il ne put en dire davantage, ou plutôt il n'en eut pas le temps, car celui des hommes qui était assis près de lui, ayant aperçu et entendu Jean, dit à haute voix :

— Tiens! Regardez-moi ce vaillant qui nous arrive par un temps pareil!

Alors ses deux compagnons se tournèrent, eux aussi, vers le garçonnet, en le regardant d'un air étonné, et celui qui l'avait aperçu le premier, sans hésiter longtemps, tendit son bras long et tout sali d'argile et, le saisissant par la manche, l'approcha de lui :

— D'où est-ce que tu viens, mon brave? lui demanda-t-il, et pourquoi rôdes-tu dans la nuit, hein? Allons, parle, qu'est-ce que tu nous veux?

— Voyez donc, mes amis, ce doit être quelque petit seigneur, dit l'autre. Regardez-moi sa pelisse, et puis ce joli bonnet!

Fig. 6. — Jean restait sur le seuil, n'osant ni entrer, ni parler.

— C'est vrai, confirma le troisième. Mais comment est-il tombé chez nous?

— Eh bien, cria le premier, qui es-tu? parle vite, mon ami!

Jean leur raconta d'une voix entremêlée de pleurs son aventure et finit par les prier de le reconduire chez lui.

— Et comment appelle-t-on les tiens? où demeurent-ils? demandèrent-ils tous les trois à la fois.

Jean leur dit alors le nom de son père et leur nomma la rue et même la maison, ce qui étonna visiblement l'homme qui le tenait toujours par la manche.

— Eh! mon garçon, dit-il. C'est que tu t'es joliment fourvoyé! Tu ne peux pas rentrer chez toi aujourd'hui. Je n'ai pas le temps, je n'ai pas encore fini mon ouvrage. Et quant à te laisser t'en aller tout seul dans l'obscurité, avec mon garçon, je n'y consentirai pas davantage. Il ne te reste alors qu'à coucher cette nuit chez nous, dans ma chaumière. Et demain matin, soit, mon Vincent te ramènera chez toi.

Cette résolution fàcha Jean au point qu'il se mit à pleurer et à frapper des pieds.

— Je veux retourner chez maman! gémissait-il. C'est chez maman que je veux aller!

Mais l'ouvrier n'y fit aucune attention, et se mit à crier :

— Vincent!

A cet appel apparut un garçon, surgi d'un fossé, que Jean n'avait pas encore aperçu, quoiqu'il se trouvât à côté de celui d'où sortait la flamme; un peu plus âgé que Jean, il avait un costume de toile, les pieds nus, les cheveux dans un désordre épouvantable, le visage tout sale. Il tenait dans sa main une sorte de figurine en terre grossièrement modelée.

— Regarde, père! dit-il, le joli coq!

Et appliquant la figurine à sa bouche,
il en tira un sifflement aigu.

Fig. 7. — Jean s'en alla docilement avec Vincent.

— Eh bien, assez jouer! dit le père.
Regarde le petit monsieur qui nous est
tombé du ciel! Le pauvret s'est égaré et

s'est traîné jusque chez nous. Conduis-le tout de suite à la maison et dis à ta mère et à ta grand'mère de lui donner de la soupe et de le coucher ensuite.

Vincent s'élança vers Jean et le saisit vivement par la main; mais « le petit seigneur » pleurait et refusait de marcher, en criant qu'on le conduisît chez maman, chez lui! Le père de Vincent se fâcha enfin et frappa du pied.

— Assez pleurnicher! prononça-t-il d'un ton sévère. Veux-tu aller tout de suite où l'on te conduit?

Jean eut peur et s'en alla docilement avec Vincent.

— Est-ce loin, jusqu'à chez vous? demanda-t-il d'une voix indécise, quand ils furent sortis du hangar.

Son guide marchait en sautillant de ses pieds nus dans la neige et en le tenant par la main.

— Mais non, Monsieur, ce n'est pas

loin du tout, répondit l'autre. Notre maisonnette est dans la rue des Potiers, à une verste de la ville à peu près; on l'appelle ainsi parce que, depuis des siècles, il n'y a que des potiers qui l'habitent.

Jean n'avait jamais entendu parler d'une rue pareille; après avoir réfléchi un moment, il demanda qui étaient ces messieurs qui se tenaient auprès du feu et ce qu'ils faisaient là.

Son compagnon partit d'un éclat de rire:

— De quels messieurs parles-tu là! répondit-il, ce sont tout simplement des potiers.

Et il expliqua à Jean que celui qui lui avait parlé était son père, et les deux autres, des voisins qui s'étaient associés avec lui pour bâtir ce hangar, son père étant pauvre et n'ayant pas les moyens de le construire tout seul.

— Ils ont bâti ce hangar et maintenant ils font de la poterie ensemble, continua-t-il, on en a déjà cuit beaucoup aujourd'hui dans le fourneau, et tout à l'heure on a allumé un autre feu pour achever le reste... Voilà ce que c'est!

Et il fit un bond, en ajoutant d'un air joyeux :

— Moi aussi, je serai potier. Mon père me fait apprendre ce métier et aujourd'hui je me suis modelé un coq... Ce que la petite Marie va être contente!...

— Qui cela, Marie?

— C'est ma petite sœur, elle est encore toute jeune, elle n'a que trois ans. J'en ai encore une autre, plus petite. Celle-ci est encore au berceau!

Ainsi causant avec son compagnon, Jean arriva, sans même s'en apercevoir, à la porte d'une maisonnette, que Vincent ouvrit devant lui.

— Eh bien, voilà notre maison, dit-il; c'est grand'maman qui va nous gronder, elle gronde toujours.

VI.

CHEZ LE POTIER IVAN.

Il n'avait pas eu le temps d'achever, que quelque chose tomba avec bruit par terre dans l'antichambre étroite. C'était Jean qui renversait dans l'obscurité une auge. Au même instant, il entendit une voix fâchée retentir derrière le mur.

— Qui est-ce qui polissonne là, dans le vestibule? Ce doit être ce brigand de Vincent!

Une autre porte s'ouvrit et Jean se trouva dans une pièce assez vaste mais très basse, aux murs obscurcis et au plafond presque noir de suie.

Le long des murs régnaient des tables et des chaises, avec un banc assez grand, et dans le fond de la pièce on voyait flamber un feu; tout auprès se tenait une femme, à la vue de laquelle Jean, déjà presque rassuré, s'intimida de nouveau. C'était une grande vieille, maigre et sèche, avec un visage jaune comme une orange et tellement ridé, qu'on aurait eu de la peine à y trouver un espace lisse de la grosseur d'une pointe d'aiguille. Quant aux dents, il y avait évidemment longtemps qu'elle n'en avait plus, de sorte que son nez, recourbé comme un bec de vautour, touchait presque à son menton pointu et relevé. De dessous le fichu rouge, qui lui couvrait la tête, sortaient des mèches de cheveux blancs comme de l'argent, qui lui tombaient sur le front et sur les joues. Vêtue d'une chemise de grosse toile, avec une jupe courte et un tablier, elle était debout devant le foyer, en train de chauf-

Fig. 8. — Jean se trouva dans une pièce assez vaste, mais basse.

fer ses mains décharnées, dont les doigts couturés et écartés, laissant passer la lumière, rappelaient les griffes d'un oiseau de proie. S'étant tournée du côté de la porte, elle se mit à gronder, d'une voix aiguë, son petit-fils de rentrer si tard.

Jean n'osait pas bouger, mais Vincent lui dit tout bas de n'avoir pas peur de grand'mère, car si haut qu'elle criât, elle ne lui ferait aucun mal; après quoi il le prit par la main, le conduisit près de la bonne femme, et fit part à celle-ci de tout ce que son père lui avait ordonné de lui dire.

La vieille cessa de gronder et son regard, de dessous ses sourcils blancs, s'arrêta avec curiosité sur le petit Jean.

— Annoulka! Annoulka! appela-t-elle.

A la porte de la chambre à coucher, séparée par une cloison, apparut une autre femme, toute jeune encore, aux beaux cheveux noirs, à la figure pâle et maigre.

Elle portait dans ses bras une petite fillette de trois ans, qui dormait d'un doux sommeil, la tête appuyée contre l'épaule de sa mère.

— Marie! appela Vincent, Marie! réveille-toi donc, et regarde le joli coq que je t'ai apporté!

L'enfant se réveilla, tendit ses petites mains vers son frère pour prendre le petit coq et se glissa sur le plancher.

C'était une gentille fillette, vêtue d'une chemise grossière, les pieds nus, le mignon visage maigre, encadré de cheveux clairs comme du chanvre.

La vieille se mit à réprimander la jeune femme, parce que celle-ci, malade, portait une si grande fillette sur les bras; mais apprenant que Marie s'était endormie en jouant sur les genoux de sa mère, elle se calma et, montrant du doigt Jean, elle se mit à conter de quelle manière il se trouvait chez eux.

— Ah, le pauvre garçon ! s'écria la jeune femme étonnée.

Et s'accroupissant sur ses talons, elle se mit à le déshabiller. Mais à peine lui avait-elle ôté sa pelisse, que des exclamations de surprise retentirent dans la chambre.

— Mon Dieu, qu'il est charmant ! s'écria la maîtresse de la maison elle-même avec un battement de mains.

La vieille hochait la tête en regardant le garçonnet et disait en souriant :

— Voyez donc, comme il est beau, le petit monsieur; on dirait un Krakus, un vrai Krakus !

La petite Marie écarquillait ses yeux en contemplant la pèlerine de Jean, qui jetait des étincelles d'or, et Vincent, à genoux, examinait ses bottes au bout ferré et sa ceinture à boutons d'acier.

— En voilà, une jolie petite ceinture ! répétait-il.

Jean était accablé de questions, et tout

en contant en détail à la famille qui l'entourait ses aventures, il mangeait en même temps d'un bon appétit les pommes de terre avec du sel que lui offrait de bonne grâce la vieille, quand tout à coup la porte s'ouvrit et dans la chambre entra un grand vieillard, aux cheveux blancs, encore assez fort, portant sur son épaule une sorte de long outil d'acier. Jean le regarda non sans crainte, en examinant avec étonnement l'objet qui brillait sur son dos; et ce fut seulement quand le vieillard se fut approché du feu que le garçonnet reconnut une grande scie.

— Eh bien, mère! dit le nouveau venu : — aujourd'hui j'ai bien gagné mon souper!

Mais la grand'mère, pour toute réponse, lui jeta un regard mécontent en lui tournant le dos. Elle n'aimait pas qu'on lui parlât de souper avant l'heure.

Immédiatement après le vieillard, le potier rentra.

— Te voilà de si bonne heure, Ivan! s'écria la jeune femme toute joyeuse. Je ne t'attendais pas aujourd'hui avant minuit.

— Oui, répondit le potier, c'est toujours à cause de ce petit monsieur... Je n'étais pas tout à fait tranquille.

— Et l'ouvrage?

— Eh bien, l'ouvrage, ils vont l'achever tout seuls... Je craignais, ajouta-t-il en montrant la vieille, qu'on ne m'effrayât le petit.

VII.

PAUVRES GENS!

Cependant la grand'maman avait mis à
frire des morceaux de lard et Jean, curieux, se glissa auprès d'elle pour voir
ce qu'elle faisait là. Il avait peur d'être
tancé pour sa curiosité; mais le regard
affable et le sourire de la vieille, quand elle
l'eut remarqué auprès du feu, lui mon-
traient clairement qu'il n'avait rien à
craindre. Alors il s'enhardit tout à fait et
prenant la vieille par la manche, il lui in-
diqua d'un coup d'œil le vieillard qui avait
sur ces entrefaites ôté son pardessus de

drap gris tout couvert de neige et s'était assis sur le banc.

— Grand'maman, demanda-t-il, qui est-ce donc?

— Eh! mais tu es bien curieux, mon petit monsieur, répondit-elle. Eh bien, et si je te disais que c'est mon mari... Qu'est-ce que tu as à me regarder ainsi? Crois-tu par hasard, que je sois née si vieille comme tu me vois? Non, mon cher, il y eut un temps où je n'étais pas pire que les autres, où j'étais belle et jeune. J'étais alors placée comme femme de chambre et comme blanchisseuse dans de riches maisons seigneuriales. Puis je me suis mariée avec cet homme-là, qui était alors un bon luron. Il était charpentier de son métier et vivait dans l'aisance; mais, depuis ce temps, beaucoup d'eau a coulé, et nous avons eu force malheurs. Le ciel n'a pas voulu nous laisser ramasser quelque chose pour la vieillesse et voilà, depuis que nous avons marié notre fille avec Ivan, nous vivons tous ensemble. Mon homme, quoique vieux déjà, et incapable d'exercer son métier, s'efforce néanmoins encore de scier du bois, ne voulant pas manger le pain de son gendre. Et se tournant vers son mari, elle lui demanda :

— Dis donc, père, est-ce que tu as scié beaucoup de bois aujourd'hui?

— Une demi-toise, mère, répondit-il non sans fierté; toute une demi-toise!

— Oh, grand'maman, dit Jean, comme c'est drôle! Tu dis que c'est ton mari?

— Mais oui.

— Alors, pourquoi t'appelle-t-il « mère » et toi, lui dis-tu « père? » Papa appelle toujours maman par son nom, et elle fait de même.

La grand'mère regardait le petit monsieur avec cet attendrissement qu'on remarque toujours chez les vieilles gens, quand ils voient quelque chose qui leur

rappelle leur jeunesse et la meilleure épo-
que de leur vie.

— Voilà, dit-elle, je le disais bien,
moi, que le petit monsieur était curieux.
Eh bien, viens ici, et écoute ce que je vais
te raconter... Mon cher petit monsieur,
— commença-t-elle en laissant échapper
un soupir profond, — je serais longtemps, très longtemps à te conter, s'il
fallait te dire, tout au long, pourquoi nous
autres pauvres gens nous nous appelons
l'un et l'autre père et mère... C'est que les
riches, vois-tu, n'ont pas beaucoup besoin
de père et de mère, comme nous autres;
Ils ont des palais, des domestiques, qui
font tout ce qu'il leur faut, ils ont de l'argent qui leur épargne le travail, tandis
que nous, nous vivons petitement et nous
nous servons l'un l'autre: Le mari travaille
pour sa femme, la femme soigne son mari
et peine pour lui. Quand il arrivait à mon
mari de s'aliter, je ne bougeais pas de son

chevet et je le soignais comme un enfant.
C'est pourquoi il m'appelle « mère ». Et
réciproquement, si quelque malheur ou
quelque chagrin arrivait dans la maison,
je n'avais que lui seul à qui je pouvais
demander conseil ou secours, et alors il
était pour moi un
vrai père. C'est pour
cette raison que je
l'appelle « père » et
que lui, m'ap-
pelle « mère ».
Et nous ne
sommes pas les
seuls; c'est l'u-
sage chez les
pauvres.

— Mais est-
ce que vous
êtes vraiment si pau-
vres, grand'maman?

— Oui, nous som-

Fig. 9. — Écoute ce que je vais te raconter,
dit la grand'mère.

mes pauvres, mon chéri.

— Mais comment donc? Ton gendre est pourtant potier?

— Oh, mon petit monsieur! Crois-tu que les potiers vivent comme des bourgeois? Crois-tu qu'en fabriquant de la poterie et en sciant du bois, on puisse gagner grand'chose en sus du pain quotidien, surtout si l'on est sept dans la maison, et si il y en a qui sont malades? Prenons par exemple Annoulka, — voilà déjà deux ans qu'elle est souffrante, et Jean n'aurait rien épargné pour qu'elle guérisse... Si nous comptions ce que la maison dépense, rien que pour le médecin et pour les remèdes... Rien d'étonnant, si on manque souvent d'argent pour acheter de la viande le dimanche.

— Et pourquoi justement le dimanche? demanda Jean.

— Parce que nous ne mangeons de

viande que les dimanches, et encore pas toujours.

— Voyons, mère, fit d'une voix impatientée le scieur, qui avait faim — va-t-on manger, aujourd'hui?

Cela rendit la vieille furieuse et, quittant Jean, elle tomba sur son mari.

— Mais est-ce que tu es aveugle, quoi? cria-t-elle. Tu ne vois donc pas que Nicolas n'est pas encore rentré?

VIII.

LES ENFANTS DU POTIER.

— Ils sont sept, dit grand'maman, pensait Jean en comptant tous les membres de la famille, — et pourtant il n'y en a que six dans la pièce. C'est peut-être le septième qu'on attend?

Et s'approchant de Vincent et de Marie, il leur fit part de ses perplexités.

— Comment, et la petite Madeleine? — dit Vincent; elle est là-bas, dans la chambre à coucher... Allons, je vais te la montrer...

Et les enfants emmenèrent le petit Jean derrière le paravent.

La chambre à coucher était éclairée par un bout de chandelle fixé dans un chandelier de bois et qui répandait une lumière assez terne. Entre la table et le lit était placé un berceau ; après y avoir jeté un regard, Jean vit tout au fond une enfant avec une toute petite figure rose et des cheveux de la même couleur que ceux de Marie. Elle dormait d'un doux sommeil, ses petits bras écartés, et rêvait sans doute à quelque chose de très joyeux, car un sourire apparaissait de temps en temps sur son visage.

— Tout à fait comme ma petite sœur qui est morte, observa Jean.

Et, se penchant, il embrassa avec précaution une menotte de l'enfant. Marie grimpa sur les genoux de Vincent et embrassa l'autre menotte.

Cependant Jean examinait avec curiosité la chambre à coucher, et soudain il remarqua dans un coin, auprès de la cheminée, des jouets qui traînaient là. Il s'approcha, s'assit sur ses talons et Marie avec son frère prirent place en face de lui sur le plancher.

— Qu'est-ce que c'est que cela ? — demanda Jean en ramassant une figurine d'argile toute fendillée.

— C'est une « satte », répondit Marie.

— C'est un petit chat, expliqua son frère.

Jean se mit à rire.

— Mais c'est absurde ! Est-ce que cela ressemble à un chat ?

Vincent se taisait, affligé de voir Jean insulter son jouet favori ; mais sa sœur battait des mains et répétait.

— C'est ma satte, ma bonne, chère satte !

— Et cela ? demanda de nouveau Jean, en sortant de dessous de la cheminée une poupée, faite de vieux chiffons avec un nœud blanc en guise de tête, sur lequel on avait dessiné très naïvement, avec de l'encre, un nez, une bouche, des yeux et des cheveux.

— C'est ma poupée, répondit Marie en arrachant d'un mouvement rapide la poupée aux mains du garçonnet...

— Oh! comme elle est sale, et vilaine! dit celui-ci.

Mais la fillette, comme si elle voulait réparer l'outrage qu'on venait de faire à sa poupée, la serra contre sa poitrine avec tendresse et se mit à la bercer en fredonnant d'une voix grêle « louli... louli... louli... lou-li...

— Tout cela ne vaut rien! prononça Jean d'un ton péremptoire. — C'est moi qui ai de vrais joujoux!

Et il se mit à leur parler, non sans fierté, du grand cheval de bois, avec du poil et une crinière, qu'on n'avait qu'à pousser tout doucement pour le voir marcher tout seul à travers la chambre; du traîneau, qui était si grand, qu'on y pouvait placer deux grandes poupées; d'un autre traîneau à deux chevaux bais, avec un cocher vêtu d'une tunique de drap bleu, qui se tenait si bravement sur son siège et conduisait; du fusil avec des amorces, un vrai fusil, où l'on n'avait qu'à mettre l'amorce et lâcher le chien pour entendre un « paff »! d'une force telle qu'on en tressautait dans la pièce voisine; et puis des livres aux reliures rouges et bleues avec des tranches dorées, des livres avec des images, où il y avait toutes sortes de fauves et d'oiseaux, des arbres, des arbres, des fleurs, — le tout frappant de vérité!

Les pauvres enfants écoutaient, en retenant l'haleine.

— Vous êtes vraiment heureux, Monsieur, — dit Vincent avec une pointe d'envie.

— Nous, nous ne verrons jamais de jouets pareils!

Alors le garçonnet fut pris d'une pitié et il se mit à le consoler.

— Eh bien, attends, — dit-il, — quand tu m'auras reconduit chez moi, je te ferai voir... je te donnerai peut-être quelque chose, si cela m'est permis... je demanderai à maman d'acheter pour Marie une jolie poupée, avec un nez, des yeux, avec une robe de vraie soie et avec de vrais cheveux sur la tête.

A peine eut-il prononcé ces paroles, que Vincent le saisit de ses deux bras et se mit à l'embrasser, mais si fortement que toute l'argile, dont il était souillé, resta sur le visage de Jean. Dans l'élan de sa joie, il se renversa, et accroupi sur le plancher, au milieu de la chambre à coucher, il riait jusqu'aux larmes, en montrant ses dents blanches et brillantes comme des perles. Jean, de son côté, essuya tout d'abord l'argile de son visage, puis il saisit Marie par l'épaule, et l'em-

brassa fortement sur les deux joues.
— Eh, les enfants! — retentit la voix
criarde de la vieille. — Venez souper!

IX.

RECONNAISSANCE INATTENDUE.

Ils se levèrent tous et coururent à qui
mieux mieux dans la pièce voisine. Là Jean
s'arrêta, très inquiet, mais encore plus
étonné. Sur le grand banc, à table, entre
le vieux scieur et la jeune femme du potier,
dans un pardessus déchiré, avec une barbe
blanche descendant jusqu'à la ceinture,
— était assis un « croquemitaine! »
Et il n'y avait pas à en douter, c'était
justement celui-là qui était venu, le jour
même, demander l'aumône avec son sac!—
Mais Jean n'avait pas encore eu le temps
de revenir à lui, que le mendiant le reconnut à son tour.

— Bon Dieu! s'écria-t-il, en le regardant. — Mais c'est le même petit monsieur qui m'a donné aujourd'hui les 15 kopeks (1).

Et en souriant, il continua :

— J'ai vu, j'ai bien vu, de mes propres yeux, que le petit monsieur n'était pas à son aise et combien il avait peur, — oh! comme il avait peur du vieux mendiant! Mais ce n'est pas pour lui faire un reproche, car c'est l'usage chez tous les messieurs. Dès leur enfance, ont leur donne la terreur des mendiants!

—Fi! que c'est honteux d'avoir peur des pauvres gens! fit observer le vieux scieur, qui était en train de couper le pain en tranches, en hochant d'un air sévère sa tête couverte de cheveux blancs et courts.

— Est-ce que j'ai peur d'eux, moi? répondit Jean qui avait de l'amour-propre, et confus de sentir tous les regards fixés

(1) Un kopek vaut o'o25 de notre monnaie.

Fig. 10. — Que c'est honteux d'avoir peur des pauvres gens !
s'écria le scieur de bois.

sur lui. — Mais je n'en ai pas peur du tout.

— Eh bien, s'il en est ainsi, — dit le « croquemitaine » en riant, alors viens ici, et mets-toi près de moi, nous allons souper l'un à côté de l'autre.

Jean devint rouge comme une écrevisse. Quelque honte qu'il eût de sa peur, il n'avait pas la force de surmonter tout d'un coup son vieux préjugé et il hésitait, en proie à une grande perplexité. Mais la femme du potier le tira d'affaire en lui proposant de se mettre entre elle et le vieux mendiant. La femme du potier était si aimable, son visage était éclairé d'un sourire si bon, si tendre, que Jean reprit du courage, et fut se mettre auprès d'elle.

En face de lui s'assirent le scieur, le potier, et Vincent qui tenait Marie sur ses genoux. La grand'mère servait. Elle posa sur la table une grande soupière pleine de potage au gruau et donna à chacun une cuiller de bois ; puis elle s'assit elle-même auprès de son mari.

Jean seul avait devant lui une assiette, mise là par la bonne femme du potier ; les autres, à son grand étonnement, mangeaient tous dans la même écuelle. Il allait demander pourquoi, mais la grand'mère l'interrompit.

— Eh bien, mon petit monsieur, dit-elle, à ce que je vois, tu ne t'attendais point à rencontrer chez nous le vieux Nicolas ? Eh bien, sais-tu qu'il y a long-temps que je le connais ? Jadis il nous est arrivé plus d'une fois d'être placés dans les mêmes maisons : moi, en qualité de femme de chambre et de blanchisseuse, lui comme cocher.

X

LES RÉCITS DU VIEUX COCHER.

Ces paroles gagnèrent tout de suite Jean, qui aimait passionnément les chevaux, et faisait grand cas d'un cocher.

Il se tourna et, pour la première fois, regarda sans crainte, mais avec une curiosité mal dissimulée le mendiant qui comprit tout de suite que le garçon était intrigué.

— Oui, mon garçon, j'ai été cocher, — fit-il, et je le dirai sans me vanter, — un des plus habiles. Encore enfant, on me retira de la campagne pour le service des écuries, et plus tard, quand je fus devenu grand et fort comme un chêne, et que ma moustache poussa noire et longue, si longue qu'elle me descendait jusqu'à la poitrine, alors notre feu seigneur, monsieur le maréchal de la noblesse, décida que je ferais un excellent cocher.

Jean leva ses yeux et ne put réprimer un sourire. La moustache du vieillard, quoiqu'assez épaisse encore et longue, était maintenant blanche comme du lait. Mais l'autre, devinant ses pensées, continua :

— Cela te semble drôle, mon petit Monsieur, et tu ne peux croire que j'aie eu autrefois une moustache noire? Oh! Mais si tu m'avais vu en ce temps-là! Si tu savais quelle force j'avais dans mes épaules et quelle habileté dans mes mains! Atteler six chevaux dressés en liberté, et voler avec eux au galop sur un étroit chemin plein d'ornières, voilà quel était mon plaisir favori. Et ils avaient beau s'agi-

ter et s'échauffer, les chevaux, non seulement ils n'arrivaient jamais à s'emporter,
mais je trouvais le moyen de les conduire
de telle sorte, que les roues ne touchaient
pas les pierres, pas un épi ne tombait sous
les sabots. Outre la force et l'habileté,
j'avais vraiment de la chance avec les chevaux, ce qui est rare : ils m'aimaient tous
comme des enfants aiment leur père. Et
pourquoi? C'était mon secret à moi; et
ce secret, le voici : je les connaissais et
les traitais en vrais enfants; c'est-à-dire,
je connaissais le caractère et les habitudes
de chacun d'eux, j'étais plus sévère pour
l'un, plus indulgent pour l'autre, et il y
en avait encore d'autres que j'entourais
des soins les plus délicats, tout en prenant des précautions, comme si j'avais eu
à manier de la poudre à canon tout près
d'un feu. Il m'arrivait souvent de les
nourrir avec mon propre pain; et quel-
quefois en faisant manger un cheval, en le

caressant, je ne m'apercevais pas que les
heures passaient. Lui me posait son mu-
seau sur l'épaule et me regardait; et il
me semblait vraiment qu'il allait me parler... Aussi reconnaissaient-ils non seulement ma voix, mais aussi ma démarche.
Parfois je n'étais pas encore entré dans
l'écurie, qu'ils tournaient déjà tous la tête
et se mettaient à hennir, m'ayant flairé de
loin. Et quant à ma voix, c'était vraiment
étonnant! Écoute seulement! j'en at-
telais six à une voiture, de ces chevaux
dont on dit, dans les contes, qu'une
flamme sortait de leurs naseaux, — et je
les laissais voler à toute bride de l'écurie
à travers toute la cour... — Les seigneurs
restaient au balcon et s'amusaient à les
regarder... Ils volaient au galop, com-
prends-tu, et tout d'un coup, à un pas
du perron — je ne remuais même pas les
guides, je n'avais qu'à pousser un chut!
et tous les six, avec leurs vingt-quatre

pieds, s'arrêtaient court! Pas un seul ne bougeait, ne s'ébrouait : ils demeuraient comme cloués sur place, attendant de nouveaux ordres...

Jean écoutait, tellement intéressé qu'il faillit plusieurs fois se brûler la langue en avalant la soupe bouillante. Elle était faite avec du lard, et de plus on lui avait donné des pommes de terre chaudes avant le dîner, de sorte qu'après quelques bouchées, il déclara qu'il n'avait plus faim et il devint tout oreilles. Il ne détachait pas ses yeux du conteur, et il voyait qu'en parlant des chevaux le vieillard oubliait son âge. Il s'était tellement ranimé, qu'on l'eût dit vraiment devenu plus jeune. Sa taille s'était redressée, ses yeux brillaient sous ses sourcils blancs et même les rides de son visage semblaient s'être effacées.

Et le vieux, lui aussi, ayant remarqué que le garçonnet n'avait plus peur de lui, l'embrassa, le prit sur ses genoux et en le balançant il se mit à chanter :

> Houp! voilà le seigneur, pan!
> Hopapa! Hopapa!
> Derrière lui vient le paysan!
> Hopapa! Hopapa!
> Et après vient un Tsigan!
> Hopapa! Hopapa!

Le repas était depuis longtemps fini, mais le garçon ne s'apercevait pas de la fuite des heures, et qu'il fallait se coucher; il restait toujours sur les genoux du vieillard et, en écoutant ses récits, il éclatait continuellement de rire.

Le potier céda son lit à Jean, et lui-même se coucha dans la grande pièce, sur le banc.

Le garçonnet, fatigué, s'endormit aussitôt : mais dans la nuit il se réveilla, et en se rappelant qu'il était loin de la maison, il était déjà prêt à fondre en larmes, quand tout à coup son attention fut attirée par les balancements rythmiques du berceau et par le chant de la femme du potier berçant la petite Madeleine qui pleurait. De temps en temps elles se taisaient toutes les deux; mais au bout de quelques instants, il entendait de nouveau les balancements du berceau — « tic-tac — tic-tac! » et le chant caressant de la mère : « louli-louli... ma petite, louli!... »

Jean se ressouvint alors que, sa petite sœur étant très malade, sa mère était restée pendant des nuits entières à son chevet; et alors le berceau de sa sœur se balançait de la même manière, en faisant le même « tic-tac » et sa mère chantait aussi : « louli-louli..., ma petite!... » Mais lui-même, bercé par la chanson, il se rendormit, d'un sommeil profond et doux.

XI.

JEAN RETROUVE SES PARENTS.

On peut s'imaginer la joie des parents,
quand le lendemain le potier, endimanché,
leur ramena le garçonnet sain et sauf.

Comblé de remerciements, il s'en alla,
emportant un tas de jouets pour Vincent
et Marie et des « bonjours » pour tous les
siens de la part du garçonnet.

Depuis, la rue des Potiers et d'autres
rues de pauvres gens — sont devenues la
promenade la plus aimée de Jean. Il visite
très volontiers leurs masures branlantes,
et chaque fois, il y laisse quelque chose :
des jouets et des friandises pour les en-

Fig. 11. — Le lendemain le potier, endimanché, leur ramena
le garçonnet sain et sauf.

fants, un secours pour les vieillards. Et il n'a plus peur des mendiants. Au contraire, ayant fait la connaissance de quelques-uns d'entre eux, il les a pris en affection, et maintenant il s'intéresse beaucoup à leurs chagrins, à leur pauvreté ! Il saisit chaque

Fig. 12. — Dans ses visites, Jean laissait toujours des jouets
pour les enfants.

occasion de s'informer de leur passé et de ce qui les a jetés dans leur situation la-

mentable. Parfois il les fait venir chez lui,
et alors ils le quittent toujours rassasiés
et consolés, en remerciant le ciel d'avoir
mis sur leur chemin un jeune homme
aussi généreux.

Quant à la famille qui lui avait donné
asile, et au milieu de laquelle il avait appris, pour la première fois, combien sont
différents les destinées, les besoins, les
joies et les chagrins des hommes, il la fré-
quente toujours, et toujours il y trouve un
cordial accueil.

TABLE DES MATIÈRES.

CHAPITRE VII.

CHAPITRE VIII.

CHAPITRE IX.

CHAPITRE X.

CHAPITRE XI.

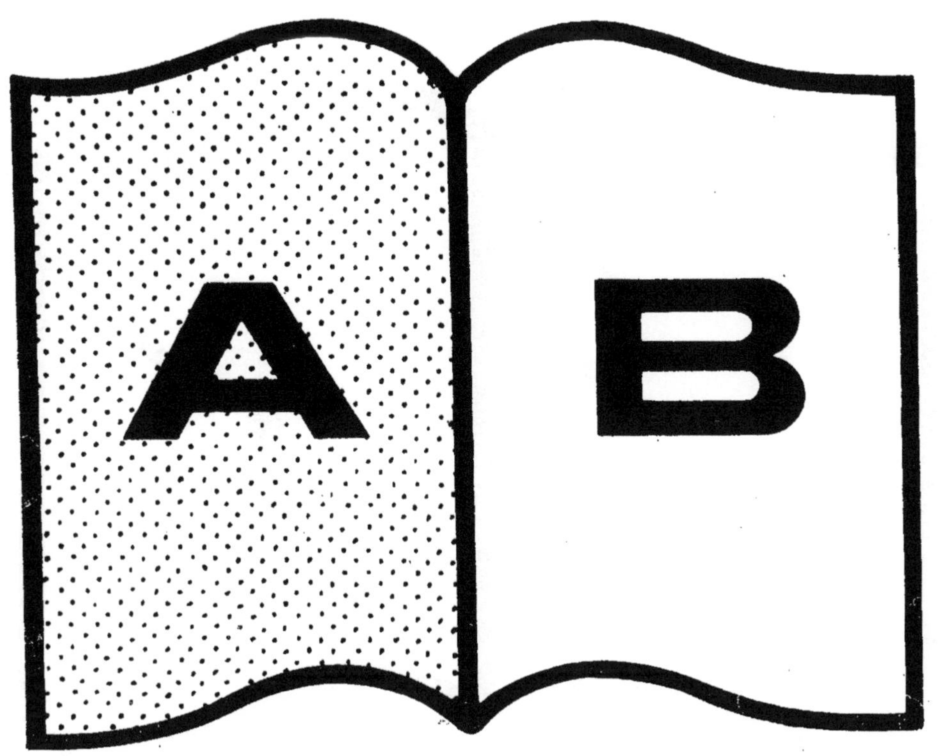

Contraste insuffisant

NF Z 43-120-14

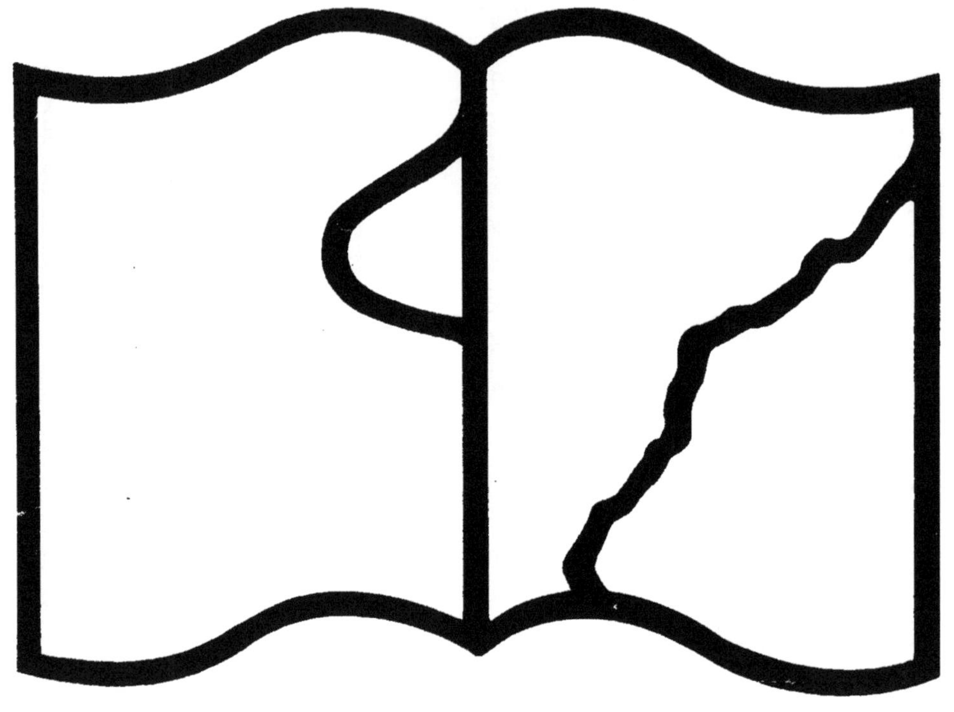

Texte détérioré — reliure défectueuse

NF Z 43-120-11